長風叢書第二九七篇

# 野茨

関根志満子歌集

現代短歌社

# 目次

芙蓉　二
冬の気配　一六
夕茜　一九
光のかけら　二三
散りつづく　二四
寒の日　二六
ひかりの春　三〇
夢　三三
蠟涙　三四
明け暮れ　三六
人間の業　四〇
苦瓜　四三
三日ほど　四六

このごろ　五三
想定外　五五
雲　五八
湿原　六一
海　六四
竜　六六
月蝕　六八
梅咲く　七〇
五月うるわし　七三
幼子　七六
雨　七八
みちのく　八〇
櫓　八四

青森　八六
豪雨　八九
言葉の森　九三
立秋のあと　九四
逆らう　九八
球根　一〇二
冬日さす　一〇五
大津波　一〇八
立ちあがる　一一〇
研究学園都市　一一四
積乱雲　一三〇
青葉どき　一三三
夏　一三五

作り捨て　一二九
天窓　一三二
桃色の屑　一三四
咲き継ぐ　一三六
紅葉　一三八
寒木瓜　一四一
背なか　一四四
雪　一四六
雪のあと　一四九
寒風　一五三
休耕田　一五八
若葉　一六一
惜春　一六五

大名庭園　一六八
簡潔の贄　一七〇
梅雨の日々　一七六
猛暑立秋　一七九
祝祭のごとし　一八四
晩秋　一八八
冬ざれの庭　一九一
我がための　一九五
届かざるもの　一九八
氷雨　二〇〇
春恒例　二〇四
野茨　二〇九
東京夏日　二一四

水族館　二一七
湯島聖堂　二二〇
長生き　二二三
原爆忌　二二六
常ならぬ　二二九
庭　二三二
しぐれ去る　二三五

あとがき　二三七

# 野菸

## 芙蓉

透くばかり薄き花びらふるわせて一日かぎりの芙蓉の白し

白芙蓉の今朝ひらきたる花の下くぐるかたわら黒揚羽過ぐ

夕顔がひらき芙蓉がしぼむころ庭の隅から夜が始まる

精一杯に咲きたる日の果て丸められし紙屑の如く芙蓉落ちたり

ふたたびの夏なきごとく咲き急ぐ晩夏の芙蓉朝毎に見る

花の数日毎に殖やし急ぎ咲く芙蓉見えざるものに追わるる

枝先に蕾集まる白芙蓉掟乱さずひとつずつ咲く

雨の朝咲きたる芙蓉うなだれて濡るるが不運を嘆くともなし

雨の日の日暮れの早く咲き切りし芙蓉ふっくら丸くしぼめり

花びらの薄き芙蓉に降る雨の秋の気配をかすか伴う

うすべにの芙蓉の薄き花びらを容赦なく打つ雨の秋めく

昨日より葉を減らしたる芙蓉立ち秋のおわりの風に身じろぐ

花すべて咲き終りたる芙蓉立ち夕べ静かに薄闇まとう

朝顔も芙蓉も果てて取り捨てぬふたたびの夏われに来たるや

## 冬の気配

木犀の木を這いのぼる夕顔に花ひとつあり日暮れて白し

放縦につる伸ばしつつ夕顔の花日暮れにはかならず開く

あかき花好みし姑しろき花多きわが庭秋の雨ふる

ことのほか暑かりし日々過ぎしのち短き秋の去りゆく早し

忽ちに過ぎゆく秋の空のいろ冬の気配のわずか漂う

涼風が立ちてひと月天気図のまんなか占めて冬高気圧

わずかずつ色を増しゆく南天の実に吹く風の日毎に冷ゆる

皺深き手に繰る古きアルバムにこちら見るわれ頬豊かなり

# 夕茜

雲ひとつなき夕茜薄れつつ余剰のなきはきびしく寂し

明日のある証しの無きを思いつつ落ちゆく夕日に向かいて歩む

新品種多き店先の片隅にりんごはありて紅玉がよし

信ずるにあらねどキリスト誕生を待つべく小さきリースを飾る

碧緑のあざやかにして玉虫の死してはるけく光を保つ

家うちを歩くのみにて風邪を病む年齢《とし》を思えり半月を過ぐ

電話にて欠席すると言いしのみ病めば人気《ひとけ》のなきが安けし

光のかけら

家人の寝静まりたる夜のふけをボヘミアの花瓶にあかりが映る

鋭角に刻み込まれしボヘミアのガラスに光のかけらが宿る

ボヘミアの切子の花瓶夜の卓に光の破片を満たして鎮まる

ボヘミアの大地の香るチェロの音髪白きひとが眼を閉じて弾く

白髪の名手がつむぐチェロの音嵐の夜のテレビに聴けり

散りつづく

大木の欅・公孫樹も黄葉して寺しずかなり枯葉ふみゆく

唐楓散りつづく日よ幾つもの捨てたき思い積もりて暮るる

風のなか散りつづけいる唐楓そそけだつ幹を夕日に晒す

捨つる物すっかり捨てて立つ公孫樹入り日を負いて天を突く鉾

庭隅に忘れられたる一叢の水仙匂う照りて寒き日

## 寒の日

常緑の枝のしげみにいる鵯の鋭く鳴けり入り日が赤い

寒菊の小さき黄の花寒の日々咲きつづけいる健気と言うや

寒菊の花の黄のいろほのあかり庭ひとところ異界の風情

永らえて年毎に見る寒菊の花派手ならず黄色原色

不思議なく寒の日々咲く寒菊の黄の原色に自己主張する

大相撲テレビに見おり寒の日の何もせぬまま夕暮るるころ

洗濯機を働かせしのみ寒の日のまとまりの無き日が暮れかかる

風荒るる日は部屋に居て冬眠のけものめきたる気分に読書

緑濃き葉に繁りたる椎の木の抱ける暗さのつのる寒の日

枯山のさくらの里に大寒の日はあまねくて風ふくばかり

夕方の天気予報に軒下の観葉の鉢を急ぎ取り込む

## ひかりの春

知らぬ間に食べ尽くされて南天の実の無くなりしが静かに揺らぐ

印ほど降りたる雪の溶けしあと空気潤うきさらぎなかば

立春ののちの風の日目に立ちて日差し明るき中を歩めり

地に馴染み広がりて咲く福寿草ひかりの春を刺すごとき風

風のあと倒れ伏したる水仙を二月の日差し冷たく照らす

# 夢

数知れぬ鳥の胸毛に包まれて眠る明日あること疑わず

辻褄の合わぬ夢にて大方は逃げられぬまま疲れていたり

明け方の夢はほとんどしくじりの連鎖に終り鳥の声する

お知らせの言葉が空から降ってくる迷い人また子どもの下校

出入りする小鳥のありて木犀の繁み動けり冬去らんとす

## 蠟涙

蠟涙のこびり付きたる燭台を取り出す戸棚の奥の暗がり

仏壇の蠟燭立ても動員し計画停電を待つ春寒し

蠟の火を囲む計画停電の戦ならねばゲームに似たる

停電の夜は蠟涙の流るるを共に見て言葉少なき家族

時経れば涙は乾き見えざるを蠟の涙はかたち止むる

明け暮れ

虫喰いの跡見えながらすさまじき形相に立つ金剛力士

木造の仁王は虫の喰い跡の数あれど睨む門の両側

わが死後の棲家ならねど墓を清む彼岸桜の満開の下

見納めになるやも知れぬ花ふぶき余震つづきの春とどまらず

しめりたる土にひろがり白じろと桜花びら紅をひそむる

若葉より青葉へ移る日々速く過ぐるとたゆき身を窓に寄す

疲れやすき明け暮れにして茄子の苗子が持ちくれば植えねばならぬ

抗いて詮なきと知る体調を戻す日にちの長くかかれり

使い込み肉の削げたる手の甲を這う血管もわれの持ちもの

寝ておれと四歳に言われ寝ておれば「死んじゃったの？」と二歳が訊けり

何時の間に止みたる雨か病むという友への手紙長くなりたり

## 人間の業

うす暗き空壕の底草猛り白点々とどくだみの花

そのかみの戦いの血も吸い上げて大樹の梢空にさやげる

豪族の館跡にて繁りたる森の抱える人間の業

ガラス瓶の中に動ける昆虫の翅美しく出口を探る

その翅の美しきゆえ透き通る瓶に晒されやがて死ぬ虫

透き通るガラスの瓶に死してなお翅光らせて玉虫はあり

目立たずに冬に咲きたる枇杷の実のうれて照る日に存在証明

酷熱の夏への序章梅雨晴れの日差し鋭き十字路わたる

## 苦瓜

苦瓜の伸びめざましく這いのぼる手当り次第つる巻きつけて

午睡より覚めて見る窓繁りたる苦瓜の花に蜂が来ている

月余りたのしみたるに色褪せし紫陽花を切る真夏日　日暮れ

去年までと異なり汗の減りたると生体反応鈍き猛暑日

色も嵩もおとろえし髪逆立てて鬼女さながらに風の中ゆく

これの世のつとめを終えし友の顔棺の中にまなぶた白し

半世紀つかず離れず来し友の断りもなく死んでしまえり

笹原の傾りをのぼりゆく風に取り残されて晩夏を歩む

三日ほど

ヒロシマの平和宣言聞きしのちテレビを消して旅に出でたり

千万人住む都市の地下縦横に走る電車に乗る五分ほど

解放感そして少しの罪悪感家事をはなれて旅にしあれば

街に生き何年ぶりかの草いきれなつかしみたり江戸城跡地

千万の人のうごめく都心にて江戸城跡地百年の森

針葉も広葉もあり海のごと江戸城跡地の森ひろがれり

それぞれの緑をもてる森の木々生き残りたる強者《つわもの》どもら

高層のホテルの窓に見る東京木々の緑の意外に多し

朝より靴を脱げざる日の終りホテルの部屋を裸足に歩む

宴《うたげ》果てホテルの部屋に見るニュース六十六回ヒロシマ式典

大都会のホテルの部屋にひとり見る原爆投下の記録の映像

並み立てる高層ビル群夜となりてあかりをともす原爆忌今日

群れ立てる高層ビルの背景に遠稲妻の時折り光る

ニュースにて見るばかりなりナガサキは遠し鐘の音明るく寂し

膝抱きてベッドに座る一日の終り棺桶に納まるかたち

年一度集いて学ぶ時過ぎて花の絵のある部屋に眠りぬ

三日ほどの旅より戻り萎れたる庭の草木にまず水を遣る

このごろ

虫籠を脱出せんと兜虫時折り翅を籠に打ち付く

虫籠に翅打ちつける兜虫を留守居のひまにしばらくのぞく

励まざる日の暮れ方に雨足の激しきなかを米買いに行く

ひと夏をかけて繁れる草群に青まぎれなく露草はあり

着飾れる若者があり浮浪者と見ゆるも歩む駅コンコース

デパートのショーウィンドウに髪も身もやせて歩めるわたしが映る

繋がれしボート身じろぐ凪の日のわずかに風の通る掘割り

十五夜の月見を過ぎてなお暑き天変地異のつづくこのごろ

## 想定外

人類の傲り正すと水の星想定外の風雨寒暖

海近く墓群立てり荒るる日の波にいくたび洗われ来しか

崖の上に墓並び立つを半世紀電車より見て過ぐるのみなり

家うちを行き来せしのみ日の暮れをカダフィーの血をテレビが映す

幼子を餓死させし親ありというニュースにゆっくり熱き茶をのむ

梢高くかっとはじけし柘榴の実たわわに揺るる飽食日本

子を叱る娘の口調遠き日のわれに似たるを戸をへだて聞く

部屋うちを通り過ぎたる風ありて花の匂いを残してゆけり

## 雲

深渓を上り来し霧立ち昇り雲となる間をひととき包まる

湖に姿映して天を行く雲しばらくはナルキッソスたれ

見上げたる岩峰の上に続々と薔薇色の雲あらわれて飛ぶ

はぐれ雲いつ来たりしか黄葉の公孫樹の上にしばし留まる

洪水として人類を苛《さいな》みし水の化身の雲天にあり

ひしめきて空を覆える鰯雲乱れず夜の海へ　おもむく

黒雲の果てに明るむ北の空冬の潜める風吹き出でぬ

一片の雲なき夕べ吹きつのる風に逆らい佇てり　しばらく

## 湿原

から松の名残りの黄葉散りかかる木道をふむ　退路はありや

見えぬもの追いゆくごとく湿原に人の敷きたる木道歩む

葉の落ちし広葉樹林に日の差して暖められし枯草を踏む

さざなみを連れて水面を風がゆく残されたるは立ち止まるのみ

満天星の込みあえる枝の鋭がり芽を洩れなく立てて寒風のなか

役を終え葉を捨て去りし大木の公孫樹の梢に鴉が一羽

かみなりの好きそうな木のとんがった天辺に居る鴉漆黒

## 海

海潮の退きいしが目に見えて生きもののごと戻り来る水

枯れ草に座りて沖を見る冬の海の上うすき月かかりたり

水平線あいまいにして大船の溶け込みゆくを見届けている

枯草を踏み見はるかす凪の日の海満々と水満たしたり

しばらくを見ていし沖を振り向かず離るる背後に満ちてくる海

# 竜

確かむる術の無ければ墨色に竜は描かれて天井にあり

天井に描かれし竜金色の目は瞑《つぶ》るかや人の居ぬ間に

山の背を乗り出してくる雪雲の濃き灰色に竜はひそむや

妄想の生きものなれば竜の指帝は五本その他は三本

瑠璃色の珠を抱える竜の髯われより永く庭隅にあり

## 月蝕

好奇心頭蓋に満たし冬の夜の天空のショー月蝕を待つ

天窓に見ゆる満月出番待つ丑三つのとき月蝕のショー

天頂に蝕まれゆく満月を見上ぐる夜ふけ刻々冷ゆる

親の星地球に隠されゆく月を時を追い見る冬の夜の空

数知れぬ人の見上ぐる天空の金環時を待たず崩るる

## 梅咲く

ようやくに開きたる梅の遅々として咲き揃わざる春　常ならぬ

空洞を晒せる幹のひこばえの枝に咲きたり梅五六輪

匂い濃く梅咲き盛る石塀のむこうに古き墓並びたり

花満ちてさわがしからぬ梅林のわずかに動く空気冷たし

それぞれの名をもちて咲く梅の木の林しろじろ結界のごと

水仙の花ほの白く夕暮れの庭の片隅かそけく香る

さきがけて咲く春の花黄の色の多きなか赤く藪椿在り

花のいろ黄にて日に輝る福寿草臘梅まんさく山茱萸黄梅

五月うるわし

さわがしき花の季すぎ出揃いし若葉いたわるごとく雨ふる

花の季すぎてよろこぶ街路樹の若葉を満たし風に遊べる

ひそやかにチャペルはありて取り囲む森は今年のみどりを満たす

踏切りに遮られいる目の前を目的地もつ電車行き交う

時を待ちプラットホームに見て飽かぬ先頭車輌の鼻の長短

目に見えぬものらの領域あるごとく送電線の区切る空間

放射能漂うといえ息をする花咲き鳥鳴き五月うるわし

早苗田に隣りて実る麦畑すくなくなりしが存在を誇示

## 幼子

迷い子が泣きながら母を呼ぶ声の夕暮れどきの市場に透る

大粒の涙こぼして泣きわめく幼を羨しむ市場夕暮れ

戸を閉めし狭き納戸の暗がりを幼はおそれ我は安らぐ

幼子の髪ゆたかにて葉桜の下はずみつつ遠ざかりゆく

米粒より小さき蕾の集まれる紫陽花の花芽雨をとどむる

## 雨

白秋の嘆きにも似て雨が降る傘はあれども行く先のなし

行く先のなき雨の日は人形に着せるもの縫う友禅の布

朝に見て昼みて夕べ見る庭の雨に打たるる紅の薔薇

吹き降りの雨襲いくる交差点傘かたむけて戦闘態勢

地を覆う夥しかる怨念を洗い流して豪雨降りつぐ

## みちのく

日の光あまねき五月山なみのみどりの上に雲湧き上る

杉の木の梢を覆い咲く藤のしたたかにして淡き紫

トンネルの合間に見えて姿良き岩手山なりつかの間たのし

出で入りの数え切れないトンネルをくぐるみちのく若葉のさかり

みちのくは青葉のさかり山も野もすべてを攫いし海もしずけし

捕われて動けぬ思い橅林の萌黄のドームただ見上げおり

橅の葉の襞くきやかに目の前に揺れおり朝の光の中に

橅の木の太きも細きも直ぐ立ちて簾なす森の若葉明るし

それぞれに根開き持ちて立つ橅の太きは大きく細きは小さし

老朽のすすむ湯宿の中庭に白根葵の花咲きてあり

# 櫓

堂々と櫓は立てり栗の木の柱六本太陽のもと

縄文の世の栗の木の柱という土に埋もれて朽ちず存在

復元をされたる櫓六本の栗の柱の高く太かり

みちのくの山野豊けし大木を組みて建てたる櫓見上ぐる

三層の櫓建てたる縄文の人々の智恵を我は持たざる

青森

ひろびろのみどりの草地に白い箱美術館なりくるめてアート

何となく面白ければ理解する必要はなし現代アート

奇を衒う事なく奇抜棟方の版画親しも日本人われ

再びは来ること無けむ名にし負う檜葉の湯舟にしばらく浸る

銅像の雄々しく立てり雪中に果てたる兵ら美談にあらず

みずうみは雨にて静か遠雷をききつつ砂を踏みて歩めり

雨にぬれ鈍く光れる銅像の乙女対き立ち湖の音きく

文字通り青き森にて文明を確かむる旅フィナーレは雨

## 豪雨

一日のみの順番に咲くことわりに逆らわず咲く花に雨降る

ようやくに咲きたる木槿の花襲う風雨すさまじガラス戸の外

打ち寄せる荒波のごと降る雨に子猫の声が時折りまざる

原爆を作りたるもの箱舟に乗せてはならじ豪雨降りつぐ

捻子ひとつ外れたるかや水の星ヒステリックな風雨寒暖

人も来ず電話も鳴らぬ日の果ては雨音ばかり沁みて眠れり

オレンジの色派手やかに温暖化のあかしの蝶のひらひらと飛ぶ

裏庭の山椒の葉をいつの間に喰いつくせしや揚羽蝶とぶ

## 言葉の森

争乱のニュース画面が日常となれり暑を避け家にこもれど

争いを好む人類とりわけて男ら集いころし殺さる

人類の英智詮なし原発の安全神話崩れ去りたり

国語古語漢字辞典と取り揃え踏み入る言葉の森果て知れぬ

使うこと少なくなりしが古びたる太筆を時に取り出している

## 立秋のあと

枝先に花を揺らして猛暑日の芙蓉樹下に抱く暗がり

くもの糸光る真夏の庭を飛ぶ黒揚羽影の如く動けり

木犀の繁みを出で入りする蜂の緑のなかに動く黄のいろ

ゼラニウムの赤炎天に対抗し萎えることなし立秋すぎて

夕べには夜顔朝に朝顔の花と葉混みを窓に見て住む

立秋のあと猛暑日の空のいろわずかに深くなりて雲ゆく

咲き急ぐごとく芙蓉の花の数日毎にふえて彼岸会近し

心もち涼しき風に揺れながら芙蓉一日のみの花落つ

半世紀すぎて古りたる日本の「いくさ」は孫の夏の宿題

喉元を過ぎたる熱さ空襲も食糧難も受けて来たるに

さざ波に似たる雲ゆく日の午後を踏む舗装路の固き感触

## 逆らう

権力に逆らう思いの衰えて誤認逮捕も知りて怒らず

三歳が泣いて逆らう激しさを壁をへだてて僅か羨しむ

なぜ鳥は風に真向かい止まるのか一番楽な形か知れず

風の流れ水の流れに逆らいて鳥も魚も生き継ぎて来ぬ

色よりも匂いに気づく木犀に今年の秋を体調不良

ようやくに収まる暑さ天空を高さ異なる雲動きゆく

猛りたる夏も終るか日の暮れの窓のした今年の虫の声する

長かりし夏を鎮むと雨が降る床板を踏むつまさき冷ゆる

イカロスとなることなかれ岩稜を越えて飛行機雲伸びてゆく

それぞれの名をもつ星座岩山の上を移りゆく　この夏果つる

## 球根

花を見ること疑わず球根を秋ごと土に埋めて来たりぬ

明日知れぬ世にて秋植球根を土に埋むる旅のあとの日

球根を土に埋めつつ来春の花を見ることかすか危ぶむ

この夏をなごませくれて大方の葉を落としたる朝顔夜顔

日の暮れの早くなりたり秋薔薇の色のふかきを旬日たもつ

ことのほか紅葉あざやか仰ぎゆく桜並木に夕日があたる

木犀の枝整えて良しとすることさら指の冷ゆる夕暮

日当りの悪き庭にて冬に入るどうだんつつじ赤極まらず

## 冬日さす

冬日差す部屋に肩身のせまく聞く北国の吹雪落雪のニュース

半世紀経たる糸にてリメイクのセーターを編む冬日を受けて

部屋うちを移る日ざしを追いながら私の着るセーターを編む

傾ける冬の日ざしに揺れながら花色保つサファイアセージ

賜物の冬の日ざしを浴びてゆく公孫樹落葉の散りしきるなか

わたくしを離れて白髪が飛んでゆく冬日のなかをひかりつつとぶ

テーブルに冬の西日の届く部屋りんごがひとつほのかに匂う

飢えしるき日々を林檎にしのぎたる戦中戦後信濃にありき

## 大津波

押し寄せる海の怒りの激烈の水の暗黒映像に見る

つづまりは傍観者にて大地震の惨はテレビを座して見るのみ

人も物も生け贄として人類の汚辱を飲み込み大津波去る

大津波ひきたる後の荒涼に季くれば桜・水仙咲けり

金箔の落ちたる仏くらがりに綺麗ならざる美しさもつ

# 立ちあがる

群がりてえびねの花芽立ちあがる日陰の庭に季は至れり

紫の絨毯の如くはびこりし立浪草を抜きて捨てたり

出揃いし若葉を揉みて吹き荒るる風暖かくわが髪乱す

三年を伸びたる白髪吹く風に乱るれど確とわたくしのもの

それぞれの花の季過ぎ繁りたる青葉力に満ちて静けし

せわしなく燕が鳴くと覚めきらぬからだを起す今日予定なし

傘寿過ぎ一病息災晩春の庭の花々揺らし風吹く

長年を使い古りたる蒲団皮しがらみを断つごとく裂きたり

つなぎたる小さき布切れそれぞれに思いのありて膝を埋むる

リビングに点けっ放しのテレビジョン誰も見ていない国会中継

電子機器　天候不順　短縮語ついていけない薔薇花ざかり

## 研究学園都市

破調なき未来思考に造られし街を馴染めずゆっくり歩む

梅雨晴れに青葉ざかりの並木道研究学園都市の駅前

科学都市の造られし森抜きん出てポプラは高し風にさざめく

長いながい並木の果てからバスが来るみどりの中の点描のごと

日盛りの並木青葉を繁らせて先端研究施設を囲む

人影のまばらな長い並木道に添いて自動車の群れてゆくなり

雲行きの早き夜空を仰ぎ見てうっすら寒き公園歩む

月あかり乏しき空を千切れ雲せわしく頭上を過ぎてゆきたり

暗がりの奥より聞こゆる蛙の声はたと止みたり　空白しばし

セコイアとメタセコイアの違いなど言いて歩めり大植物園

盛んなるみどりの森の植物園絶滅危惧の植物展示

絶滅危惧植物展示いつの日か人類の絶滅するを思えり

金色の衛星展示目の前にありて最も遠き存在

役を終え海に沈みしロケットの溶け去りて地球に還る輪廻か

先端の展示見終えて振り返るかまぼこ型のスペースドーム

衛星の展示棟出てバスを待つ筑波宇宙センターの前

## 積乱雲

積乱雲闘争的に盛り上がる常ならず早き梅雨明けのあと

ゆるやかに東へ動く雲の下灰色の雲南へ急ぐ

積乱雲盛り上がりつつ青空を侵略しゆく梅雨あけ猛暑

夏空に積乱雲が割拠してひそかに雷神養成中なり

猛暑日の一天俄にかき曇り講談さながら雷雨襲来

## 青葉どき

山道に息ととのえる目の前を楓の種子の軽々ゆれる

ふみしめて登る山道朴の花間近にありて立ち止まりたり

ようやくに辿り着きたる山頂の狭き岩場に梅雨晴れの風

見はるかす麓いちめん青葉どき筑波山頂富士は見えざり

丈高く繁る屋敷林背に負いて藁屋根の家ふっくらたてり

長屋門の三和土なつかし足裏に父の生家の土間の感触

豪農の子にてありせば文才の今に伝わる長塚節

百年まえ節が植えし凌霄花柿の木に添う幹あら荒し

## 夏

もののけのように現われ黒揚羽ふわふわと寺の屋根越えてゆく

炎天に入道雲の勢い立ちうごめく天辺ひときわ白し

天国の青という名の朝顔をはぐくむ少女花がらを摘む

草も木も炎暑に萎えて昼過ぎの庭に真赤なトマトがひとつ

蔓の草這い登らせて日除けとし気休めなれど花は花なり

一本の木に群がりて椋鳥ら夕べの呪文を唱えつづける

夏送る雨になぶられ精一杯花つけて立つ木槿底紅

ベランダの蝉の骸をやさしげに揺すりて風のすぎてゆきたり

かくべつに暑かりし夏を咲き継ぎて桔梗の花のむらさきひとつ

体調の頼りなければ逆らわず老化うべなう夏果つるころ

## 作り捨て

良き事の多くはあらぬすぎこしの四季おりおりに庭の花あり

つれあいを亡くせし友あり亡くなりし友あり我よりみな若くして

人の名も花の名さえも忘るるを思いみざりき半世紀前

原子・電子・素粒子いずれもわが理解を越ゆるものにてお化けに等し

何時よりか子に指図され医者通い想定外の長生きの日々

限りなく作り捨てられ来し言葉日本海溝に沈みつづける

表現の言葉貧しき歌の屑身の内を占め嵩なしてあり

年毎に秋の短くなる気配雨あとの虹いつしか消えたり

# 天窓

区切られし空への入り口天窓を月あかりする雲が過ぎたり

天空を月あかりする雲が行く眠りそびれて見上ぐるばかり

月に照る雲の去りたる天窓の深々と青し底のなき井戸

夜のふけに激しく雨の降り出でて眠りそびれし頭蓋を満たす

置き去りにされし夢より目覚めたる明け方に飲む水のつめたさ

## 桃色の屑

大風に百日紅の枝ゆれて花ふり落とす桃色の屑

散り敷ける百日紅の花の屑風ふくままに桃色の渦

さるすべりの花散り敷くを掃く今朝の晴れて風なし二の腕冷ゆる

昨日まで暑を言いたるに金木犀咲きてうなじのうっすら冷ゆる

膝を抱き見ているテレビ厳寒との長期予報を淡々と言う

## 咲き継ぐ

よく晴れて冷ゆる日の庭白薔薇の十日あまりを崩れずにあり

冬ざれの庭に咲き継ぐ白薔薇の十日を過ぎてかたちを保つ

病みやすき年の終りを一輪の白薔薇寒き日々を咲き継ぐ

絵てがみの枠を破りてうすべにの百合が届けり師走寒き日

実をすべて喰い尽くされて残骸の南天の穂に午後の日が照る

## 紅葉

殊のほか短き秋と冷ゆる夜はポトス、ドラセナ部屋に取り込む

日当りの悪き庭にてはびこりしほととぎす抜く感傷もなく

空一面埋めて鰯雲ゆっくりと関東平野を東へ動く

暗緑の木の残されてもみじみな散り落としたる山の寂びたり

紅葉の果てたる山をかけ下る湯滝しぶきをあげてとどろく

葉をすべて落として立てる白樺の冬への準備万端ととのう

足音のほかは聞こえず紅葉みな散りつくしたる峠をくだる

紅葉見る旅の終りの市場にて季節感なき夏野菜買う

## 寒木瓜

流行《はやり》物好む子と居て寒き日を毛糸の帽子わがために編む

行きずりに見る映像のパタゴニア氷河の青の妖しく深し

寒き日を部屋に置きたる植物の緑の色に水を注げり

冬毎に花苗植えしベランダの鉢に今年は土乾きおり

北風に枝ふるわせる寒木瓜の葉にさきがけて花ざかりなり

せわしなく過ぎし四五日寒木瓜の花ひっそりと庭隅にあり

公園にたった一本冬枯れの大木の欅寂しくないか

精一杯葉の無き枝を広げたる欅のはるかかなたを雲ゆく

## 背なか

門松をはずす夕暮れおもむろに昼の領域回復しゆく

新聞を取りに出でしのみ家ごもる七草過ぎて背中が寒い

跋扈せし猛暑日はるか力なき冬の日差しに背を温める

抜き打ちの靖国参拝、秘密法、昭和ひと桁背筋が寒い

秘密法強行採決によみがえる飢えたる日々といくさの気配

## 雪

よく降ると見れば乱るる雪片《ひら》に酔うごとし雛の日の後の昼

あめつちの間を満たして白鳥の胸毛に紛う雪ふりつづく

時を追い嵩を増しゆく屋根の雪予報値を越し日は暮れかかる

きりもなく降りくる雪を受け止めてついに伏せたり石蕗の群れ

混乱のニュースをテレビに見るばかり家をめぐりて雪増えてゆく

一日かけて雪の積もりし敷石を罪犯すごとためらいて踏む

春を待つ桜草の鉢をふさぎたる雪取り除く空青き昼

北屋根にしろじろ残る雪ありて緊と冷たき晴天続く

雪のあと

逆らわず風に流るる細雪されど視界を侵略しゆく

降りつづき庭を覆える細雪寒木瓜の色も見えなくなりぬ

軽々と降りつづく雪見のかぎり白の覆える暗黒深し

足どりのおぼつかなきに雪道を行きて買いたるパンと牛乳

立春を過ぎて積もりし屋根雪の雫の音のひねもす聞こゆ

立春を過ぎて降りたる雪のあとためらわず薔薇の枝剪り落とす

明け方の雪あとかたもなく消えて薔薇の芽赤くつややかにあり

冬ならぬ日差しと思う溶けやすき雪降りしあと跨線橋わたる

消え残る雪の汚れて庭隅にうずくまる小さきけものの如く

大木の欅の枝の網目なし雲ひとつなき冬空浚う

## 寒風

春めける日ざしの中を刺すごとく吹く北風に向かいて歩む

色づきて来し金柑を鵯が折おり喰らうを憎むでもなし

部屋に差す日ざしを追いて解きゆく若かりし日の紬の着物

北風に揺るる椿の葉に遊ぶひかりさざめくきさらぎなかば

旋律の移るさまなし揺れてゆく枯草原の果ては夕やけ

強風になぶらるる木々窓に見てしばらく当る温風ストーブ

大揺れの庭木ガラス戸の向こうがわ一人舞台の春先の風

雛の日の後の大風畑土を捲き上げながら押し寄せてくる

雛の日を過ぎ吹き荒れし風のあとクロッカス咲けりいつもの様に

挿し木せし沈丁花にも春は来て小さき花毬僅かに匂う

行き止まりの路地に集まる塵芥春は花びら秋はもみじ葉

一面の雲鉛いろ風荒れてはるか北の空晴れて明るし

幸いを待つが如くに寒風のなかバス停に立ちつくす夜

殊更に風寒き日の暮れ方を重装備にて買物に出る

## 休耕田

休耕の田にはびこりし草枯れて記憶の底の飢え立ちあがる

自給率低く飽食のこの国に人の餓死など片隅の記事

瞑ることなき眼のごとく休耕の田に残る水鈍く光れり

葦原に還りたる田をすぐる風干からびし穂をなでてゆきたり

枯葦に覆われし田に照る月の愚にも付かざる政策をあばく

水のなき休耕田は草っぱら原野に還る準備完了

長年を見捨てられたる田にめぐる季節の条理葦はつのぐむ

## 若葉

昨日より色濃くなりしどうだんの若葉前進振り向くなかれ

目に見えて伸びゆく若葉花散らす雨によろこぶごとく艶めく

咲き満てるさくらの古木降る雨に濡れながら花びらひとつ落とさぬ

千年を立ちつくしたる桜の木春夏秋冬おりおりのいろ

満開の桜を悲しと言いし子の牛百頭と暮らすあけくれ

放射能言わざるむかし春の野に草摘むみやびありしこの国

忽ちに若葉満たせり大欅児童公園まんなかに立つ

年古りし木に宿りたる精霊の髪振り乱すごとき新緑

つややかに若葉の覆う大木の椎の木の下通る風あり

移植して五年の野ばら漸くに粟粒ほどの蕾見えたり

断捨離のひとつもならず殖えている庭の雑草われの白髪

## 惜春

どことなく花の香の来るバス停に疾く過ぎてゆく春を惜しめり

人間の命と対き合う仕事もつ子が選びたる花オレンジ色

乳牛の生死を目守り暮らす子が送り来し白のミニ胡蝶蘭

母の日に届く花束と鉢植えに双子異なる生活観あり

五秏ほどの蕾白きにほんのりと紅を差したり野茨ひとむら

いつになく風荒るる春庭隅に揺れゆれて野薔薇いま花ざかり

しばらくを楽しみたりし野茨の花おとろえて春はお仕舞

盛りたる花の終りし蔓薔薇をためらわず切る春送るべく

## 大名庭園

水琴の音を確かめ庭園をめぐるはつなつ日陰をひろう

庭園に滝あり池あり据えられて四百年の敷石をふむ

大名の贅を尽くせる調度類展示されたる部屋薄暗し

残されし古き文書の紙と墨自然素材のしたたかにして

人斬りの道具といえど美しく展示されたりガラスのむこう

## 簡潔の贅

水枯れて砂利原白く広びろと日に晒したり大井川なり

早苗田に隣りて実る麦畑枯れたるもののあたたかき色

水満てる早苗田つづくあらためて豊葦原の国を確かむ

氾濫をくり返し来し木曾川の重く静かに水を満たせり

長良川満々の水ゆっくりと動くを見つつ鉄橋わたる

砂利敷ける木陰道ゆき仰ぎ見る白木の社殿茅葺きの屋根

節目なき太柱たつ社殿なり木の豊かなる日本実感

日を返し青葉ざかりの楠の森剣を祀る社を包む

草薙の剣のやしろ叢雲の名こそ良けれと思いて詣る

四日市工場群を遠く見て電車にて行く伊勢詣でなり

高々と葉群を繁らせ日陰なす垂直の杉並み立ちて森

新しき白木の社殿茅葺きの屋根の飾りに目立つ金色

簡潔の贅を尽くせる茅葺きの木造社殿森のなかなり

遷宮ののち用済みの旧社殿垣間見ゆるがおもむき深し

宇宙にて仕事するあり島国の神話の神に仕うるもあり

わずかなる感傷のあり青葉照る伊勢はわたしの生まれしところ

予備知識持たぬひとりの伊勢詣で帰りも富士は見えず過ぎたり

梅雨の日々

卓上に日々切りつめしカーネーション花首となりしが存在を誇示

長生きの圧迫感あり孫からの薔薇の花束満開となる

めぐり来し季の賜物この年の杏をジャムに煮つめる時間

反古紙の多くは病院薬局の明細書にして備忘の用紙

捻花の咲き昇りゆくを朝毎に見る梅雨の日々一病息災

忽ちに繁る庭木の剪定を明日はせねばと四五日は過ぐ

梅雨晴れの日なか暫く風止みて繁れる木草静止画となる

二時間が限界となる草むしり草の匂いのする手を洗う

猛暑立秋

空のいろわずか違うと信号の変わるを待てり猛暑立秋

日焼けしたふくらはぎもつ少年に追い越されたり敗戦記念日

国敗れ六十九年父母の齢を越えて生きのびている

敗戦の記念日すぎて朝顔の花こころもち小さくなれり

この日頃猛暑豪雨と続きいて朝ごとにひらく朝顔紅し

咲きつぎて猛暑の夏を越し来たる朝顔の花の小さくなりぬ

ベランダの日除けに植えし苦瓜のうれて黄のいろ今朝はじけたり

均されし芝生に伸びて揺れている異物のごとき草の穂を抜く

容赦なく来る衰えをさけられず暑の一日の夕べ水飲む

疲れやすくなりたる日々を逆らわず励まず僅かうしろめたかり

半日を庭の木草を見るのみに残り少なき時を捨ている

脱出を試みるのか水槽に飼われいる亀ガラスを叩く

誰も居ぬ午後の公園を漆黒の鴉が一羽ゆっくり歩む

## 祝祭のごとし

ようやくに秋は来たれりくちなしの花狂い咲き雨に打たるる

予期せざる天変地異のつづく秋蝕まれゆく月を見上ぐる

夕暮れの日々早くなる公園の桜はやばや葉を落とし継ぐ

病院に病む友ありて雨音の激しき夜ふけ眠りがたかり

戦中をともに過ごして来し友の病むとし聞けば背筋の冷ゆる

皺寄りて静脈の浮く手の甲を夜ふけ明りの下に曝せり

縋るべき神を持てざる明け暮れに助けくれたる人多かりき

少女らが声を合わせてステージで祝祭のごとく別れを歌う

雨の日の記憶もともに折り畳む花の模様の折りたたみ傘

行くあての無き旅の夢詰まりたる時刻表繰る夜ふけしばらく

## 晩秋

息ひとつ大きく吐きて起き上がる窓のそと楓わずか色づく

縦横に枝ひろげたる一本の木の上はるか雲流れゆく

枝揺らし欅は立ちて流れ去る雲に言葉を送る晩秋

大方の枝落とされし篠懸の並木異様に明るき晩秋

駅前の広場の欅ことのほか赫ゆたかにてあたりを払う

昨日より数の増えたる木瓜の花晩秋の日のおだやかに照る

十日ほど身を飾りたる街路樹の唐楓三日見ぬ間に裸

花を見ることを願いて秋植えの球根を冷たき土に埋める

## 冬ざれの庭

花さわに付けしクリスマスカクタスの聖夜を待たず花を終えたり

日当りの悪き満天星控え目の紅葉の色にこの秋終る

雲の縁《へり》輝きにつつ迫りくる牙ひそめもつ風ともないて

何もせずいる日の増えて色冴えぬ満天星の葉の少なくなりぬ

雲厚き空の使いか野の道をみぞれまじりの雨に濡れゆく

寒風に揺れる冬薔薇あかねいろ耐え来し日々ののちの存在

冬ざれの庭吹き抜ける風ありて刈り残したるすすきを乱す

雨のあと北空晴れて歳晩の枯原のうえ雲疾《はや》く行く

時折りは疑いながら薬のむ窓越しに見る寒そうな雨

抜け切れぬ風邪の名残りに見るのみのテレビ不協和音の音楽

暫くは退きどき死にどき思いたり喪中の葉書テーブルに置く

我がための

裸木の欅並木のゆれゆれて雪含む風に逆らわず立つ

なごり雪降るとの予報さりながら木瓜の蕾の日毎ふくらむ

丈低き垣をはさんで隣家の梅とわが家の木瓜と競りあう

ガラス戸のむこうに並ぶ春色の帽子いずれも我には無縁

我がための小さき木彫りの雛かざり今年の春は蔵いたるまま

賞味期限など気にせずに日を暮らす戦中戦後飢えたるわれは

裏切らずそむかずひらくクロッカス我がために咲くと思う三月

## 届かざるもの

草ひとつなき岩山を照らす月映像なれど首筋冷ゆる

岩山の明暗をするどく照らし出す月おのずから光るにあらぬ

究極の削ぎ落とし見せ映像にかつて踏みたる山頂の岩

届かざるものの冷たさ天空の月皎々と冬野を照らす

月の夜の思いはなべてなつかしく戻らぬものの残像にして

## 氷雨

立春を過ぎし野薔薇に心もちみどりの見えて冬がほどける

一日の光合成を終えしのち木は葉を垂れて立ちて眠れり

遠のける記憶の底に降る氷雨八十年前母の死は冬

わが母の教え給いし事の無く拙く長く生きて来たりぬ

人類の傲りの果ての残虐と花のたよりとテレビは映す

闘争の本能持てる人類の生息する星水青き地球

人類の憎悪を集め天空の果てを流るる暗黒の川

遠く低く続きいる声海ゆかば水漬く屍とわれら歌いき

万葉の防人のうた海ゆかば記憶の底に深く棲みつく

防人のうた海ゆかばひそやかに頭蓋に鳴りつぐ通奏低音

春恒例

暗闇にさわめくさくら咲き満ちて明日なき予感をかすかにはらむ

花どきを過ぎし桜に積む霙うすくれないの雫をこぼす

時ならぬ霙に急ぎ取り込める観葉の数片手に余る

生け垣に紅かなめもち廻らせて春恒例の威をほこりたり

雪の日のスーパーマーケット当然の顔して夏の野菜が並ぶ

背伸びして若葉かかげる槻の木のかなたうっすら昼の月あり

死に絶えて金魚の居ない金魚鉢棚に置かれて埃をまとう

楠の木の若葉に遊ぶ日のひかり風にひときわ立ちさわぎたり

出揃いし楠の若葉をさわがせて風わが髪を逆立ててゆく

つややかに若葉萌えたつ楠の木の根方しずかに去年の葉落とす

障壁画立ちめぐらせり画かれしさくら満開みな我に向く

身めぐりに立つ障壁画えがかれし桜満開おそろしきまで

大寺の部屋を囲める襖絵のさくら満開散ることのなく

## 野茨

春の夜の丑三つ刻の月あかり幻のごと野茨の立つ

小さきが寄り合いて咲く野茨の窓より見ゆる日々疾く過ぐる

雨のあと西に傾く日の差してひときわ白し野茨の花

見納めになるやも知れず庭に咲く野薔薇に日々の過ぎゆく早し

あふれ咲く野薔薇一群はつなつの庭占拠して何を誘う

はつなつの風にさわだち一群の野薔薇しろじろ花あふれたり

咲ききりし野薔薇花びら風に飛ぶ乗せてやりたし別れの言葉

何がしか身を削らるる思いあり野薔薇花びら日を追いて減る

この春の野薔薇の終りを見届けて二泊三日の旅に出でたり

放縦に伸び盛んなり花のあと野薔薇野性をむき出しにして

野茨の今年の花の散り果ててにわかに夏のくる気配する

来年の花を願いて切り落とす　野薔薇の鬼がひそかに笑う

盛りたる野薔薇散り果て切り詰める夕べ背なかのうっすら寒し

花のあと枝切り詰めし野茨の装う棘の小さく鋭し

## 東京夏日

道ひとつ曲りそこねて予定せる駅に着かざり東京夏日

アーチなすデザインの窓なつかしむ浅草駅わが幼時体験

駅出でて間もなく渡る隅田川電車の徐行むかしと同じ

運ばれて着きたる地上四百五十米見おろす東京乾きたる街

スカイツリー展望台にて見えるもの大方は屋根緑地少々

見の限り白っぽい街を日があばく東京砂漠と歌われもして

スカイツリー降りて地上の道を踏む野次馬根性みずから認定

行列に加わることを始めとし待つこと多き東京見物

## 水族館

幼には見えるくらげの幼生が水槽の前に我は見えざり

ストレスの無き有様に浮游する水くらげ水槽から出られない

毒秘めてくらげ優雅に浮き沈み水槽のなかの唯我独尊

目の前をゆっくり泳ぐ鮫うつぼ巨大といえど水槽のなか

大小の魚が泳ぐ大水槽鮫もうつぼも攻撃性ゼロ

大水槽縦横に泳ぐ鮫うつぼ飼わるるものの抵抗感なきや

湯島聖堂

日の光あそぶ楠の木この春の若葉の陰の古葉を落とす

目的のある顔をしてはつなつの日射し鋭き聖橋わたる

日常を離れてホテルの部屋に見る常と変らぬテレビの漫才

静まれるビル街の上ゆく雲のゆっくり動く日の出ずる頃

あじさいの盛りのときを来て仰ぐ湯島聖堂派手な鴟尾立つ

墨色の壁と柱に支えたる聖堂大屋根鴟尾華やげり

大木の楷うっそうと繁りたる木陰にずんぐり孔子銅像

目の前に立ちはだかれる好々爺銅像の孔子五頭身なり

## 長生き

咲きさかる百日紅を揉む風の南洋はるか台風の余波

百日紅夾竹桃と炎天といくさ終りし昼立ち返る

長生きの祝いと孫の持ちて来し大輪の百合ひらき切りたり

長生きをせよとのメモと草色のカーネーションの花束届く

這いのぼる朝顔のつる確かめて体調戻らぬ日々すぎてゆく

一年生が観察をする朝顔のほそぼそなれど実を結びたり

長生きも芸のうちとか体調を崩せる日々を励まずに居る

原爆忌

記録的猛暑に繁る苦瓜の葉のうなだれて明日原爆忌

白雲の盛り上りつつ寄せてくる七十回目の原爆忌　昼

七十年過ぎて目にする戦争の屍体累々白黒写真

原爆の屍体累々映像に残されてあり日本の夏

ヒロシマののち七十年苦瓜の小さき花が虫を呼ぶ夏

空のいろわずかに深くなりたるとさるすべり揺るる朝を歩めり

蟬の声にわかに少なくなりたりと敗戦記念日米買いにゆく

常ならぬ

いつの間にか蟬に代りてこおろぎの声のきこゆる夕凪しばし

四五日を降りつづきたる雨のあと今朝はほのかに木犀匂う

繁りたる葉に混り咲く朝顔の雨のなか無惨うなだれしぼむ

常ならぬ日本列島洪水と噴火でテレビの一日終る

方舟の用意などなし夏果てて豪雨つづきの日本列島

逃げ出せるあてなどあらず蜆蝶花にまつわる庭ひるさがり

雨のあと俄に花の数ふえて芙蓉終りを迎える準備

幼虫に喰い尽くされし山椒の再び芽ぶき秋の風ふく

## 庭

風のなく雲厚き昼咲き初めし菊に動かぬかまきりの顔

繁りたる庭ひとところ寂びさびと今年の花を終えたる芙蓉

花の数少なくなりし庭に来てすかしば蛾激しく翅ふるわせる

花の上を日差しの移る昼さがりいつも来る黄蝶今日は見えざる

金柑の繁みを出で入る四十雀しばらくありて連れ立ちて去る

昨日より日暮れの早くなる気配南天の実の色増してきぬ

未練なく葉を落としたる川土手のさくら並木に時すぎてゆく

花のあといち早く葉を伸ばしたる曼珠沙華土手に青く居据る

## しぐれ去る

去るものの美しくして残されしわれに時雨の音沁むるなり

寝ねがたき夜ふけしばらく聞こえくる音しぐれなりこの秋送る

天窓に音して時雨去りゆけり夜ふけひととき死者立ち返る

天窓を打ちてしぐれの去りしあと秒針の音狂わずつづく

山茶花の花数ふえてこの年の苦楽を連れて時雨去りゆく

# あとがき

歌集『ぶらんこ』のあと、五年が過ぎました。取り立てて変ったことのない年月だったと思っていますが、孫達が成長し私自身の衰えが目立つ年月でありました。おおよそ五年毎に纏めてきた歌集も五冊目となりました。『はつなつ』『風のゆくて』『水のかたみ』『ぶらんこ』今回は『野茨』といたしました。一冊にまとめるに当り、校正を本木巧様、野田雅子様に御力添えいただき、出版の御配慮を現代短歌社の今泉洋子様にいただきました。誠にありがたく思っております。

平成二十八年　春

関根志満子

歌集 野茨　　長風叢書第297編

平成28年7月27日　発行

著　者　関根志満子
〒331-0802 さいたま市北区本郷町60
発行人　道具武志
印　刷　㈱キャップス
発行所　現代短歌社
〒113-0033 東京都文京区本郷1-35-26
振替口座　00160-5-290969
電　話　03(5804)7100

定価2500円(本体2315円+税)
ISBN978-4-86534-168-3 C0092 ¥2315E